どのように
ますか？
あるのでしょうか？
このえのタイトルをオネガイします
…さん。…はなんでさくのですか？
…坂さん おしえてください
野坂さん 船はどこへ行くので
野坂さん 以前は歯みがきなんかしないとおっしゃっていましたが いまどうなのでしょうか？ ちなみにぼくは結構けんめいにやっております
野坂さんにとって音楽とは？
野坂さん どうようと演歌どちらがおすきですか。
野坂さんの手はどうしてあんなにゴツイのでしょう？
左

教えてください。野坂さん

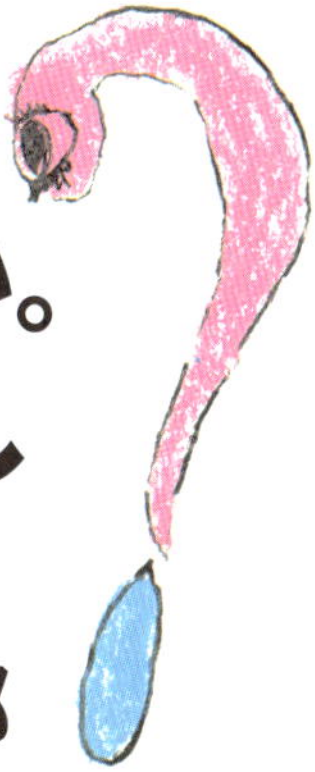

野坂昭如
黒田征太郎

スイッチ・パブリッシング

前略

ぼくは学校に通っていた九年間の
あいだシッモンということをしたことが
ありませんでした。でもギモンだらけ
で、あったような気がします。
ギモンだらけで。だけどシッモンが出来ナイ。
たまにTVで視る国会の様子も
そんな感じで、ニッポン人は、みーんな
ギモンに対してシッモンのしかた下手
なのかな？とおもったりします。そこで
今回は野坂さんへシッモンを……

黒田征太郎

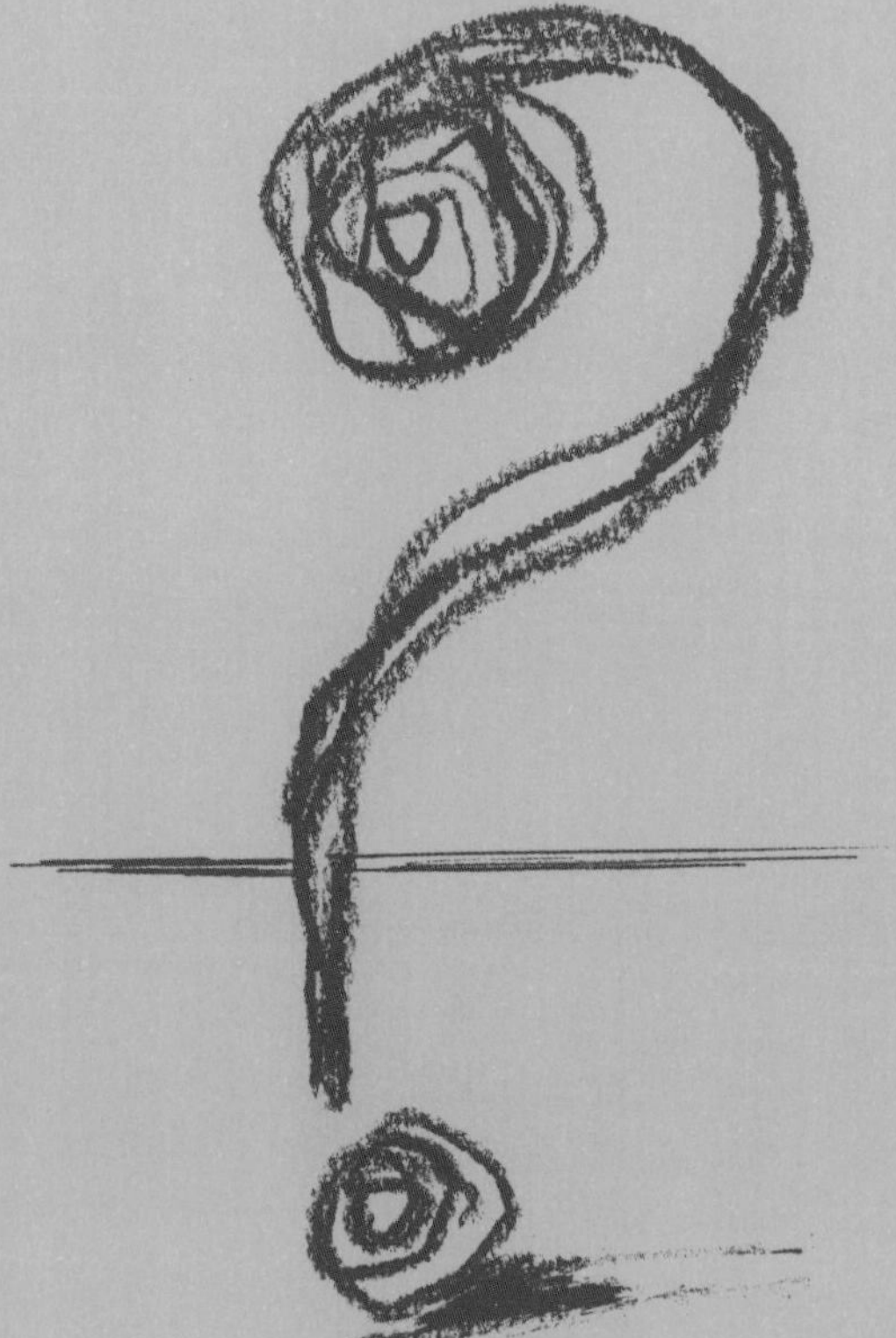

野坂さん
おみず水について？

敵わない力。

敵わない力にやしなわれているのですね

黒田の感想

野坂さんにとってグローバルとは？

米の問題

生きてナンボ

黒田の感想

野坂さんにとって
おこめ
とは？

勝るものはない。

野坂昭如さん
イコール
お米なのです。

黒田
感想の

野坂さん
ぼくたちは
たべすぎでしょうか？

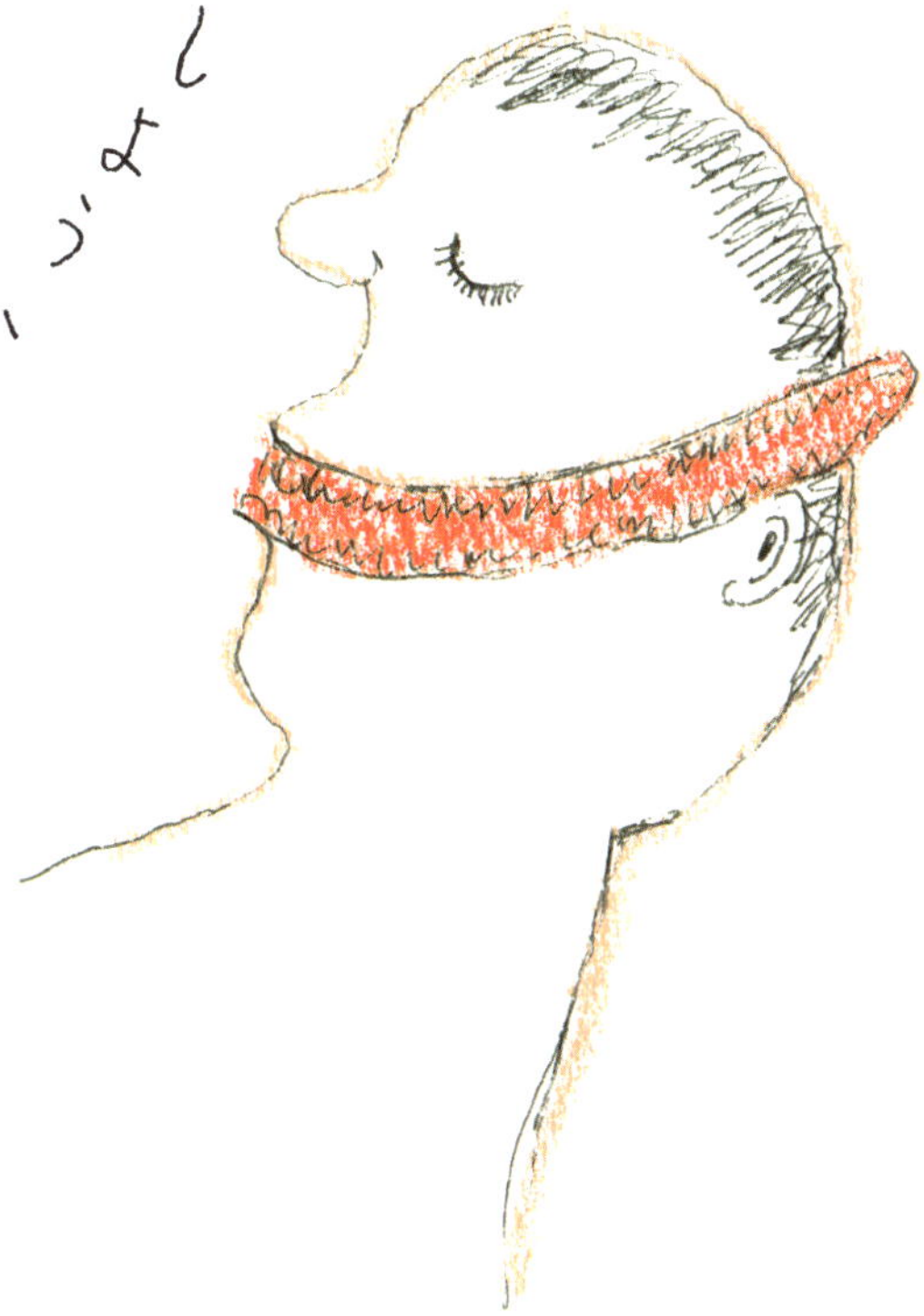

食べ過ぎです。

つくづく　そう思います

黒田の
感想

野坂さん 火についてヒトコト

赤。
マグマ。

なってしまったのですね
かんがえるように
を産業として
ニンゲンはセンソウ
火を手にした

黒田の
感想

野坂さんは

月ですか？太陽ですか？

KU

ぼくは月。
月は何度でも見ることが出来る。
太陽は見られない。

ぼくは反射することで生きてきた。
こっちに光の要素はない。
他人、周囲の光を集めて生きている。

黒田の感想

……スゴイ。

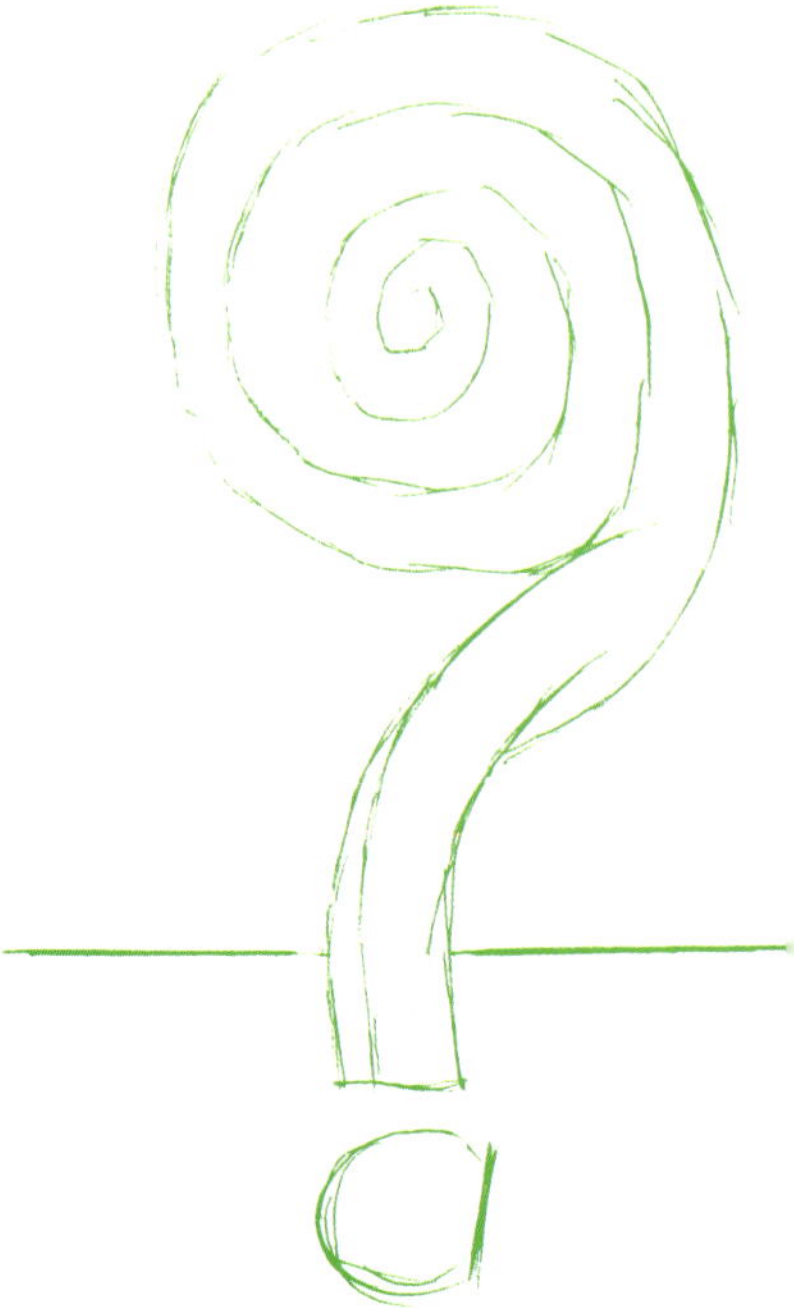

野坂さんにとって
時間とは？

後ろ向き影法師

僕にとっては　気がついたら
「アッ」という間の　76年間。
秒数にしたら「エッ」
というほど短いです

黒田の感想

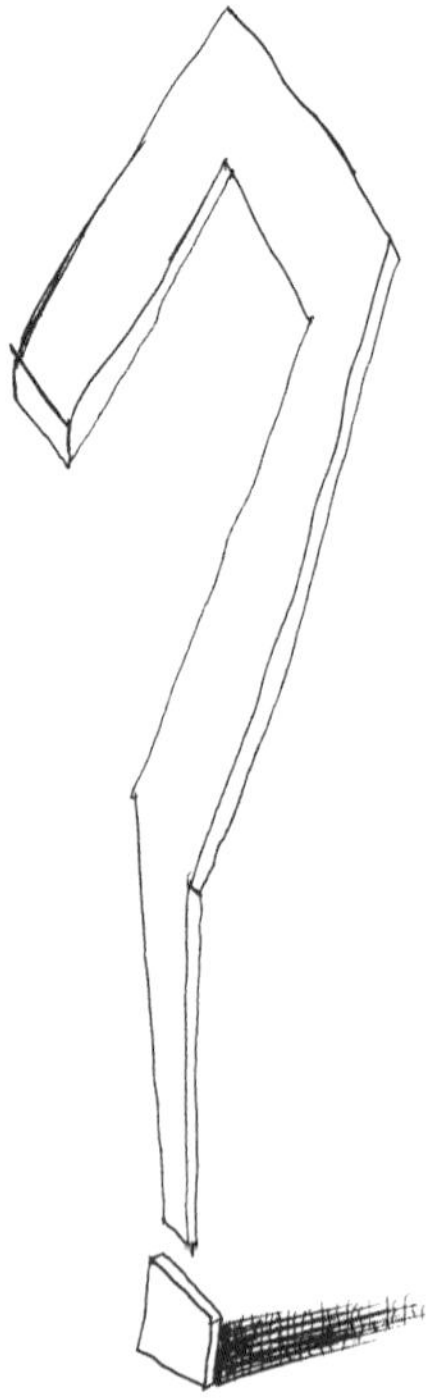

野坂昭如さん
イノチ
とは?

生かされている。
与えられている。
どうにもならないもの。

どうにもならないもの と
考えると ラクですネ

黒田の感想

野坂さん　以前は歯みがきなんか
しないと　おっしゃって　いましたが
いま
どうなので
しようか？。

ちなみに
ぼくは
結構　けんめいに
やって　おります

病に倒れて以後、
やらされています。
食後かならず
ピカピカです。

野坂さん。ですね
ピカピカの

黒田の感想

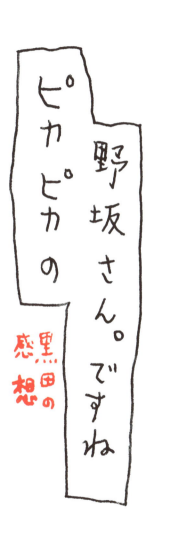

野坂さん。ウンつくと
バチあたるって ホントですか?

みんな、バチがあたって
ウロウロしているのだ。

黒田の感想

僕もズーッとウロウロです

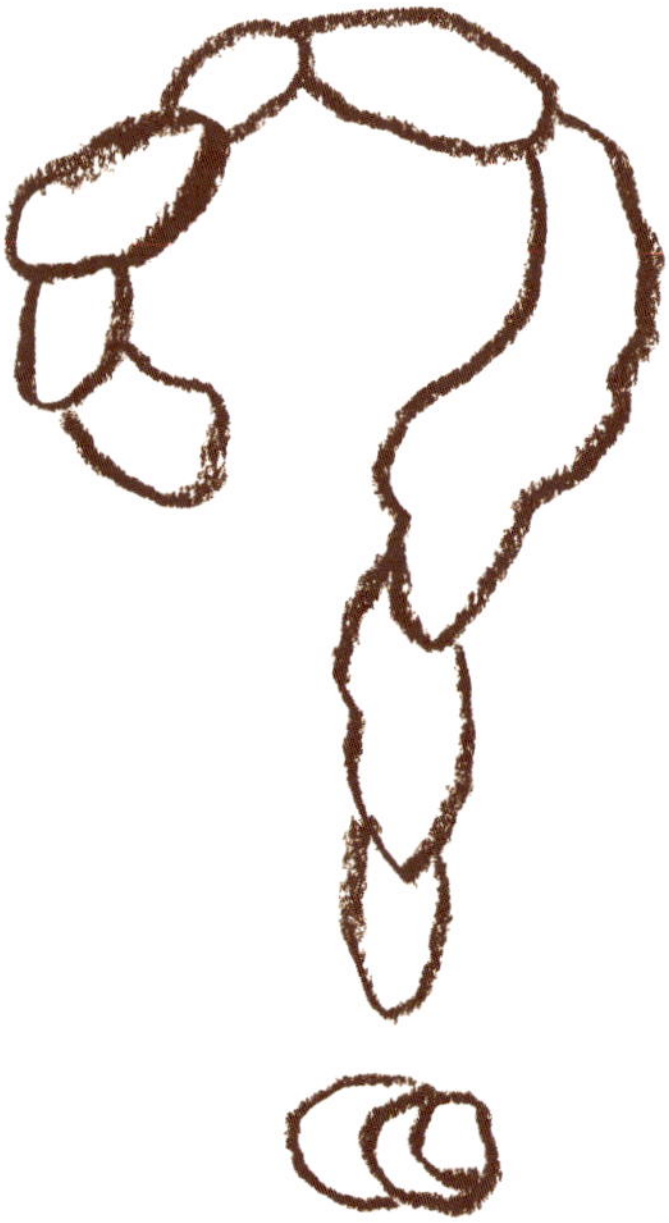

野坂さんは手相とか人相とか
うらないのたぐいはお好きですか？

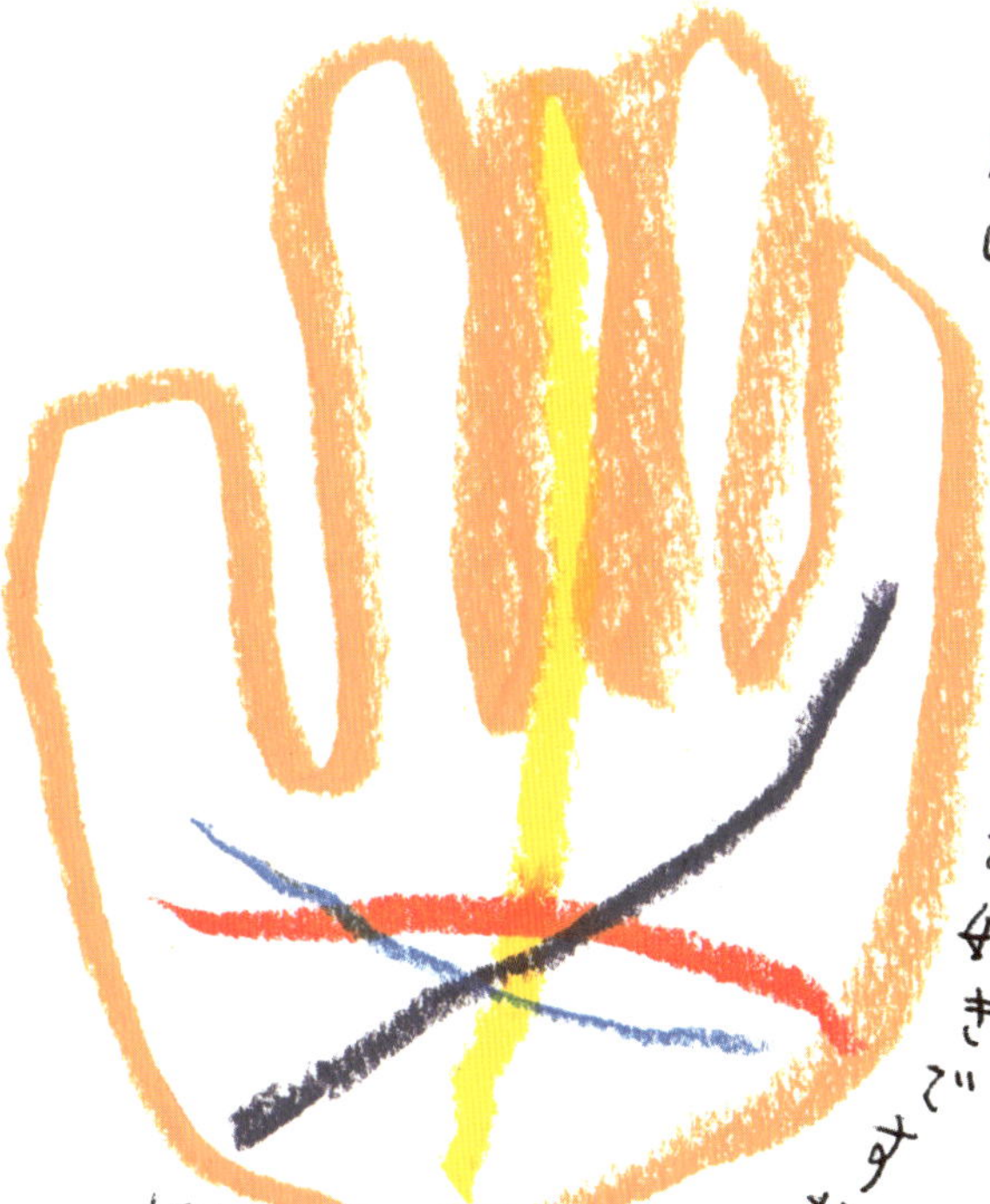

KU

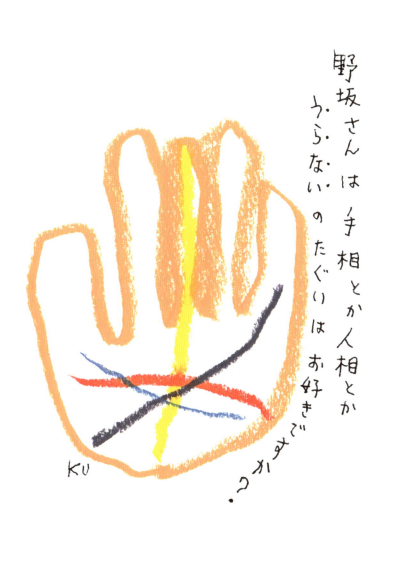

好きじゃない。
いかがわしいところは面白いと思う。
世の中は一寸先のことも判らない。
手相や占いで未来が判ったら、
男と女は結婚しない。
女は男を必要としないだろう。

むかし、アサノとか言う
人相学のセンセイから
野坂さんも 黒田も
ヤバイ人相だと 言われたこと
おもいだしました
いまは どなのでしょうか

黒田の感想

野坂さんにとって
うたとは………を。
おしえてください

蓑。
又は、洋服みたいなもの。

つらいから クチブエ
吹いてた ときが
ありました

黒田の感想

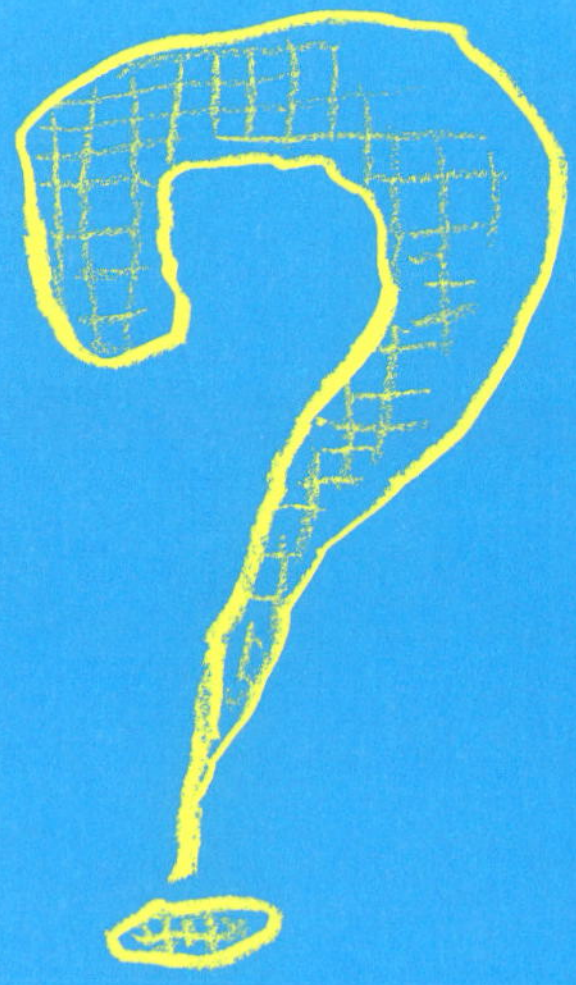

野坂さん
トリは、なぜ なくのでしょう?。

メスを呼ぶため。
メスと出逢わなければ、子孫を残せない。
オスはいろんなメスに種を植えつけたい。
メスだって、強いオスの種を受けて子孫を残したい。

だが、人間と違って、無駄には鳴かない。

黒田の感想

たしかに人間のオスはケタタマツクなきます。オレもです。

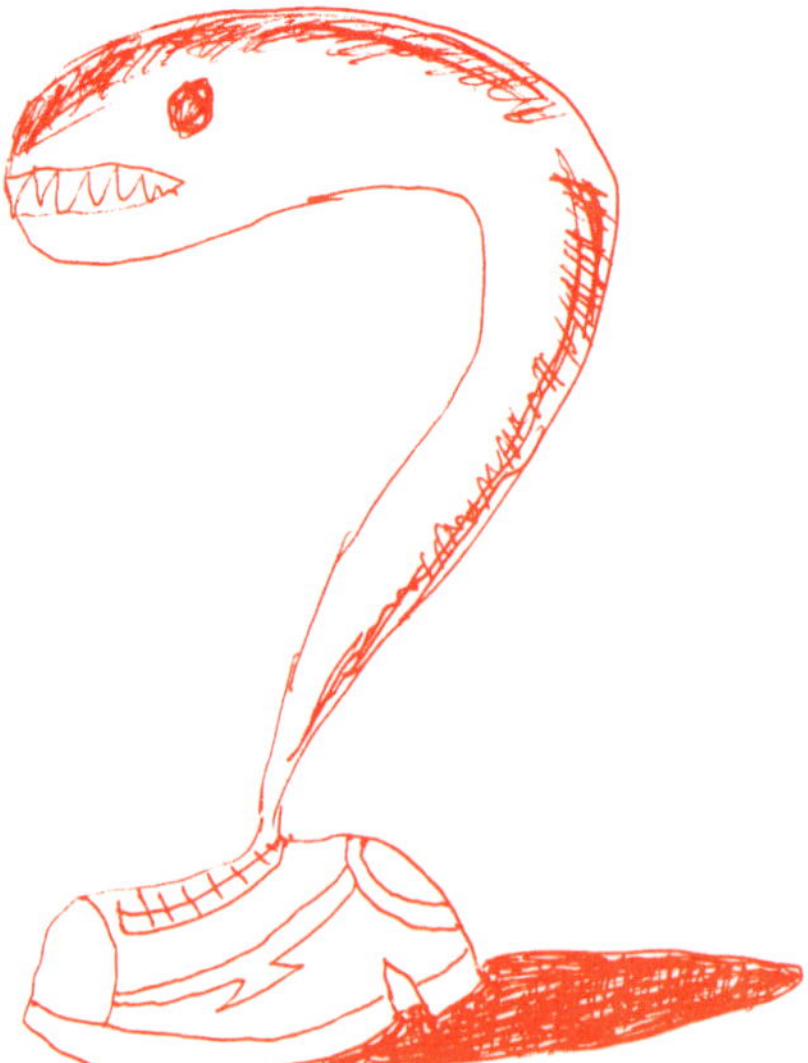

野坂さん
富士山 は おすきですか？

考えたことがない。
持ち上げられて、気の毒だ。
日本一高いというが、他にいい山はいくらもある。

泣いたり　しているのでしょうか？

黒田の感想

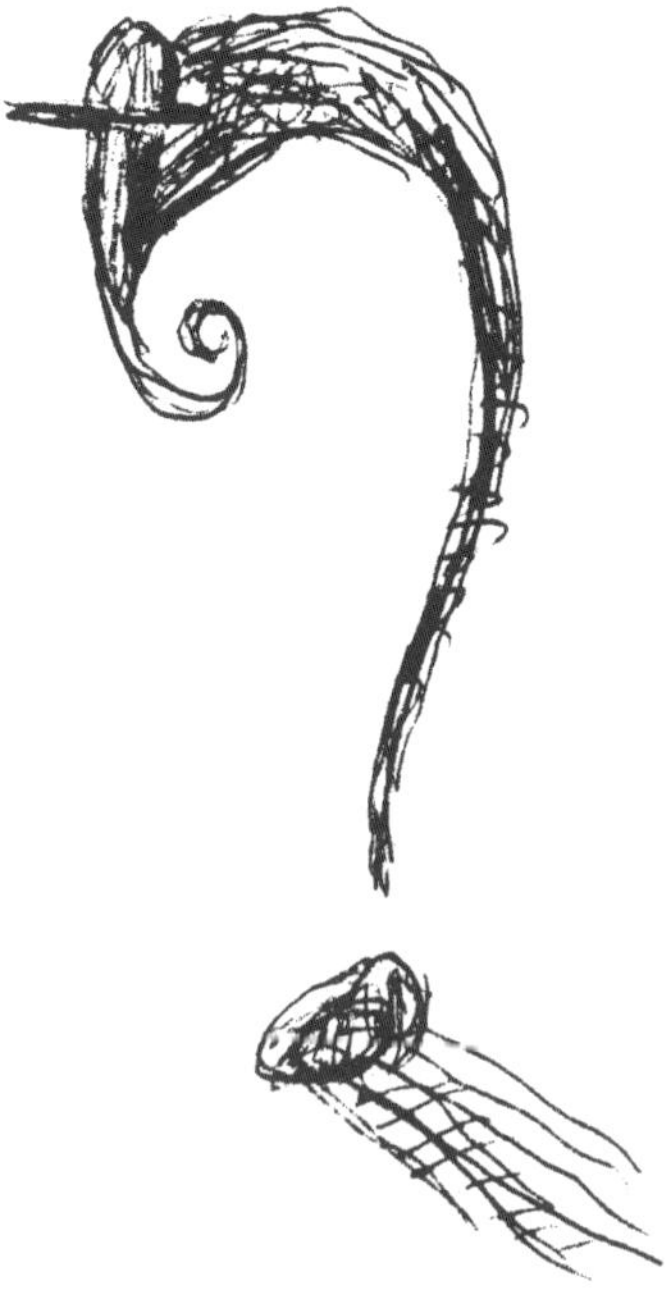

野坂さん
とじとの
ツキアイカタ
の たいせつな
こと は
なんでしょう？

相手を大事に
すること。

ぼくも　そうします

黒田の感想

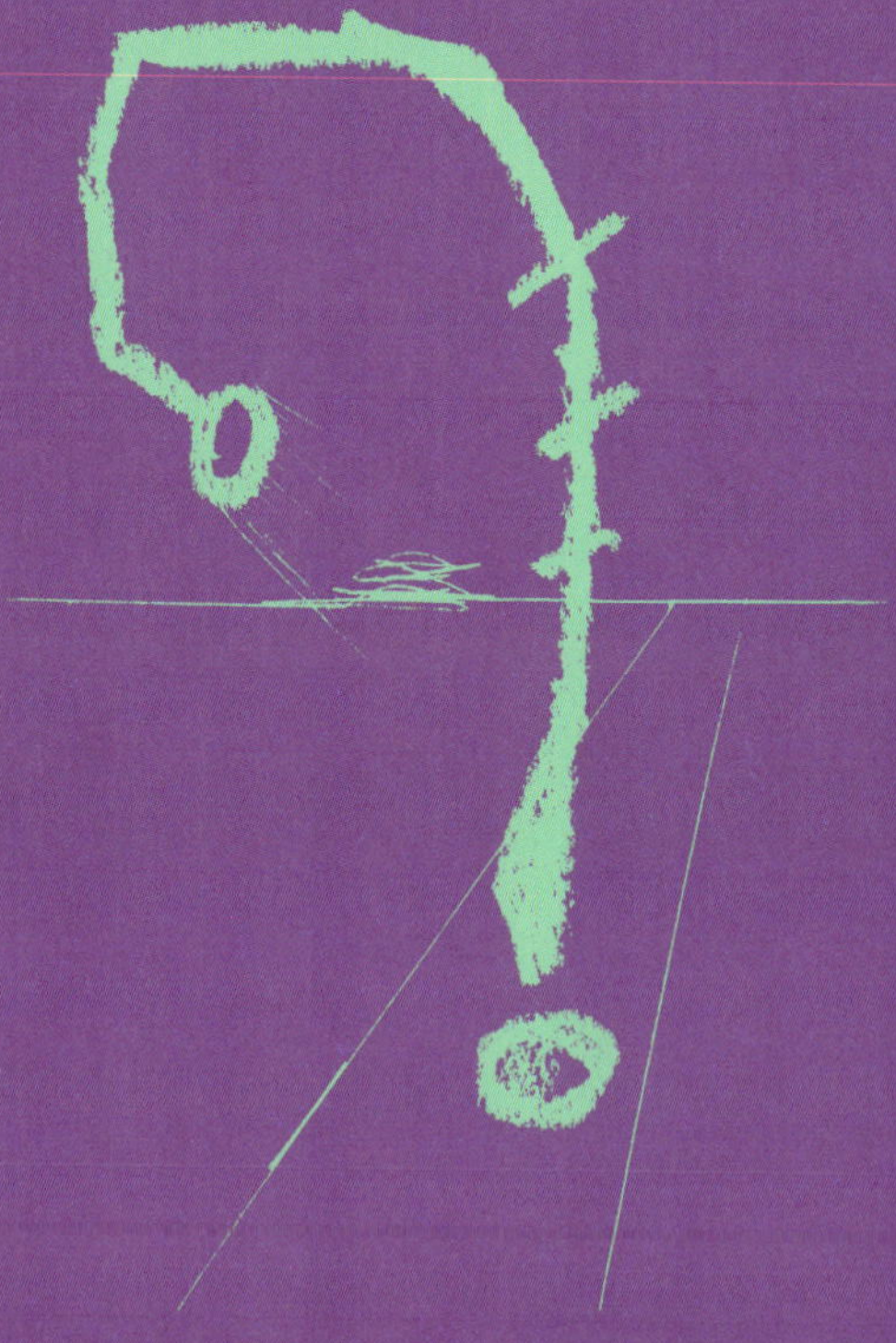

野坂さんにとっての
ペット・・・とは

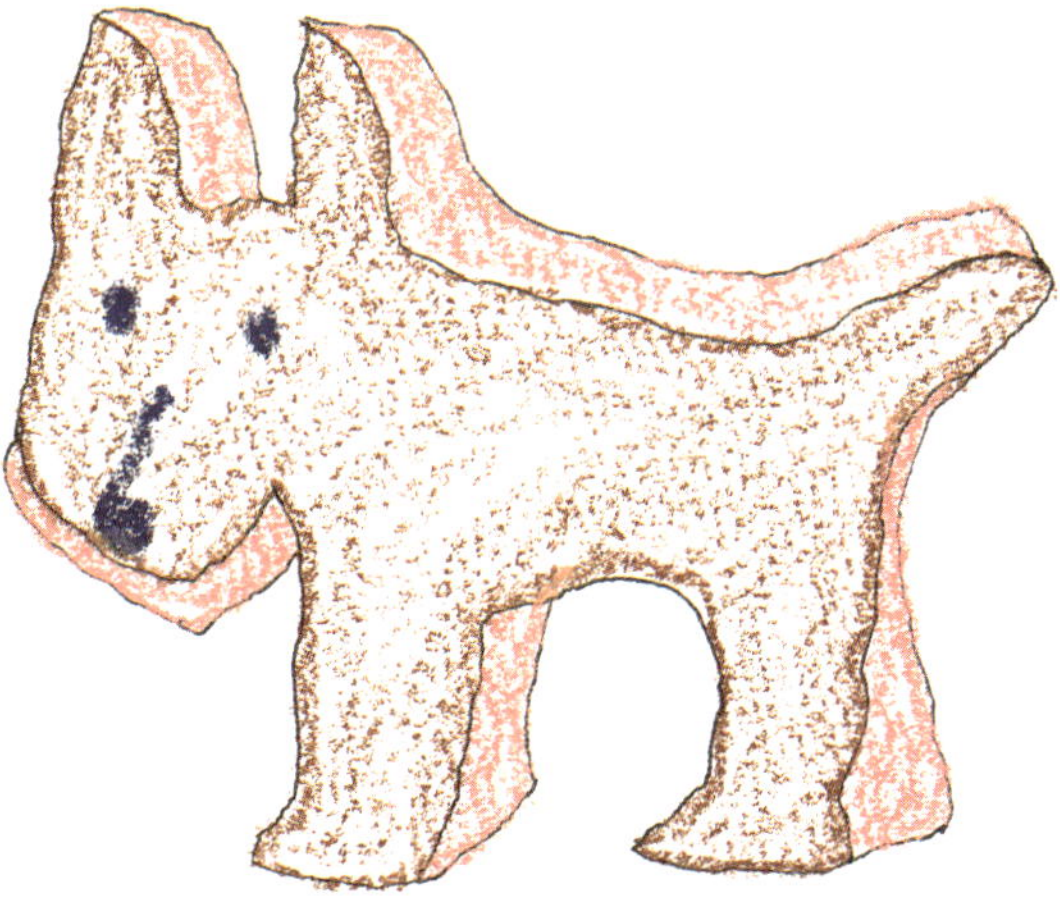

死んでしまうもの。
犬。初めて飼った。（5才）
名前はベル。

近項の
都会のペットショップが
死体置場にみえます

黒田の
感想

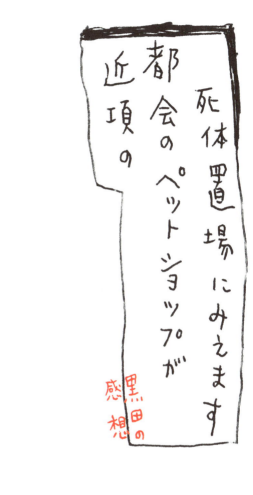

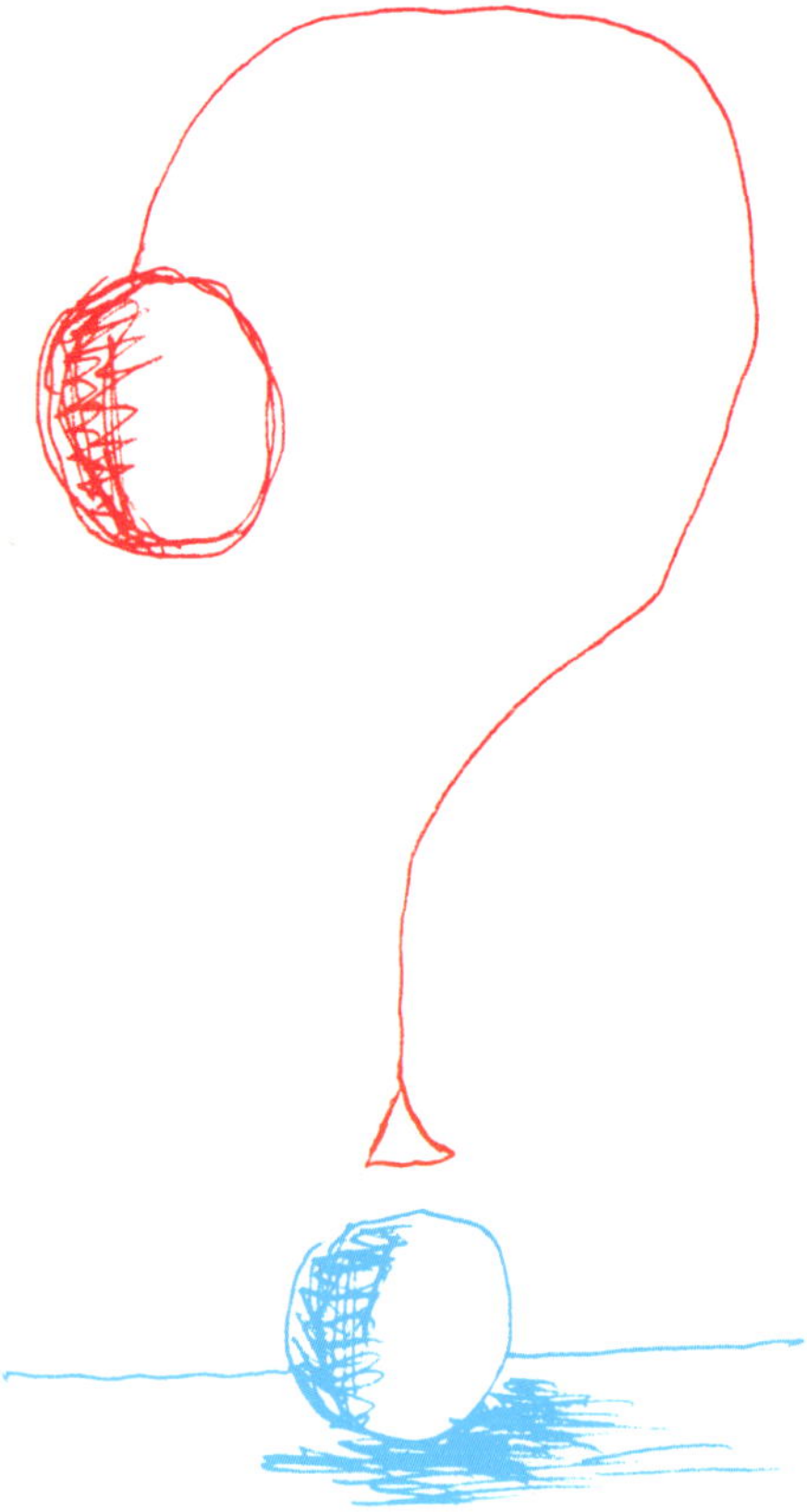

野坂さん
男と
女と
どう
違うの
でしょうか？

男と女。
同じことだ。

黒田の感想

僕は 男に生まれてきて ヨカッタ
と 思っています。 でも 女性は
強いです。 強く生きるのは
ツラソウ だから…… 男でヨカッタ。

野坂さん。
男と女のあいだのことを……
オシエテクダサイ

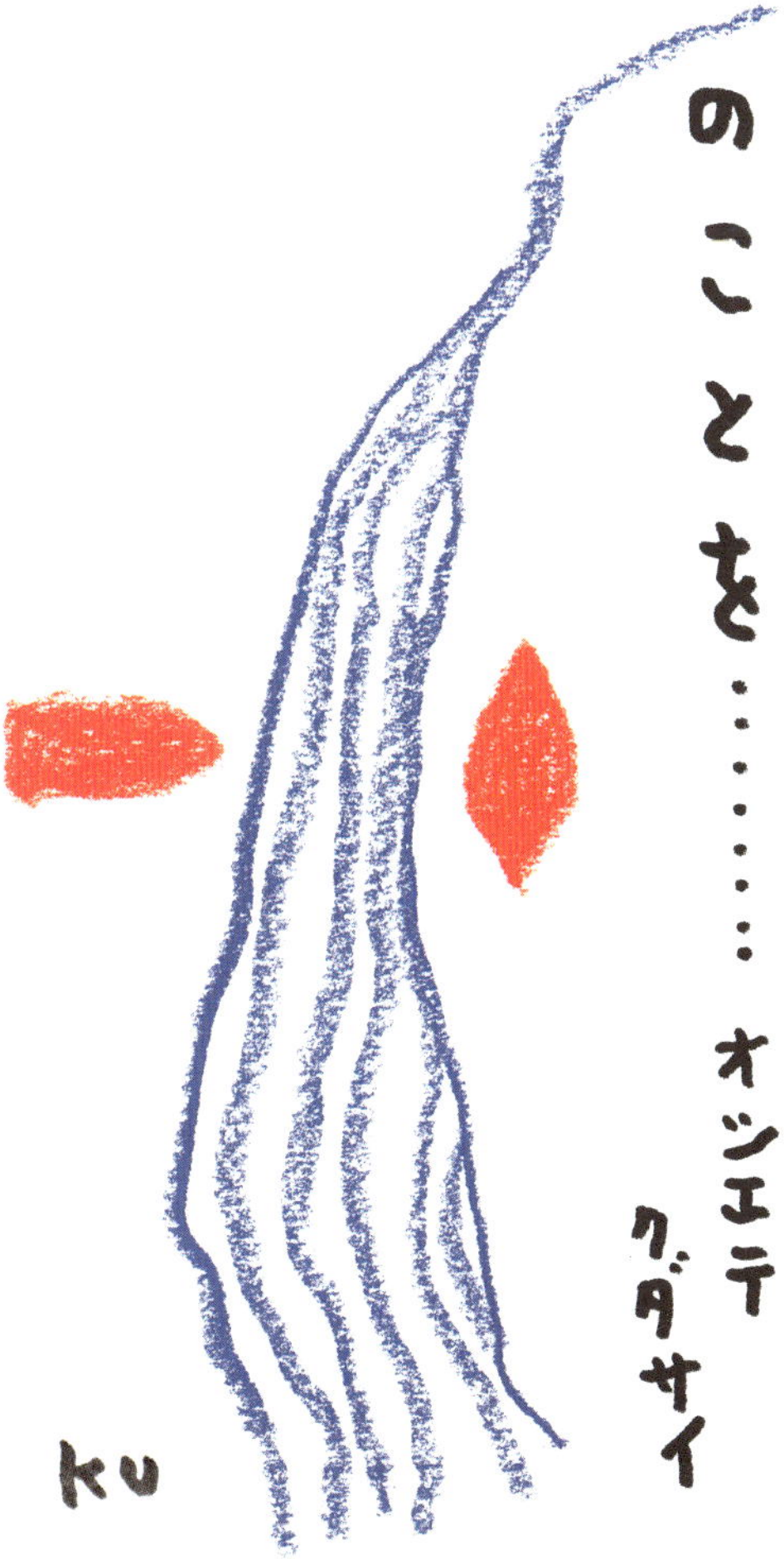

深くて暗い河が
あるのだ。

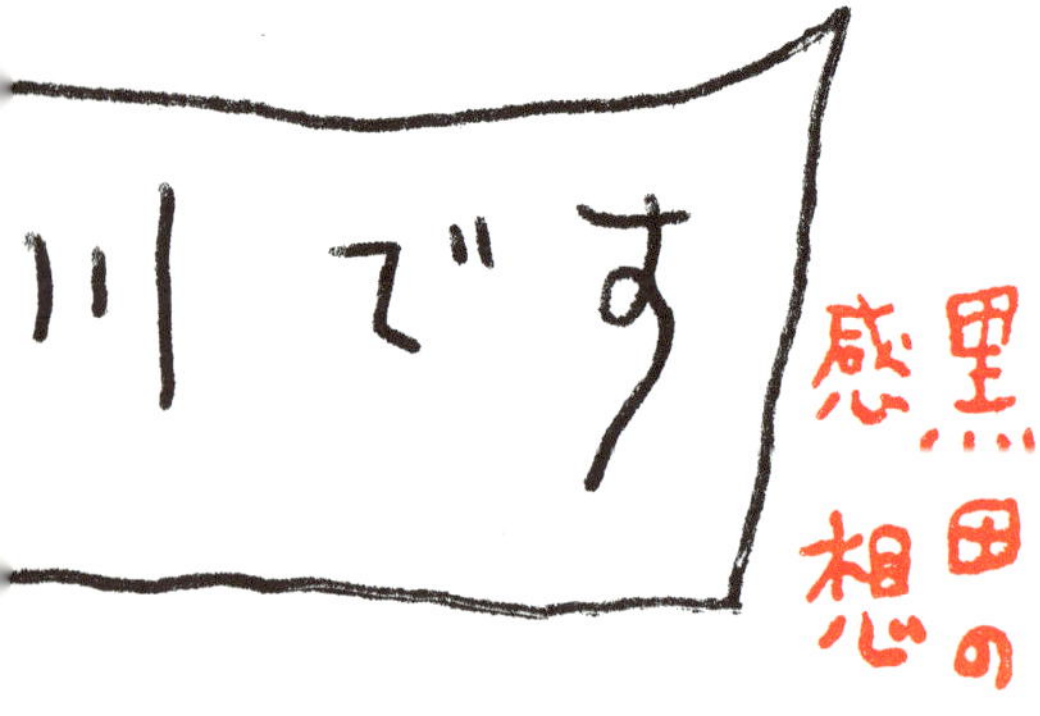

恐ろしい

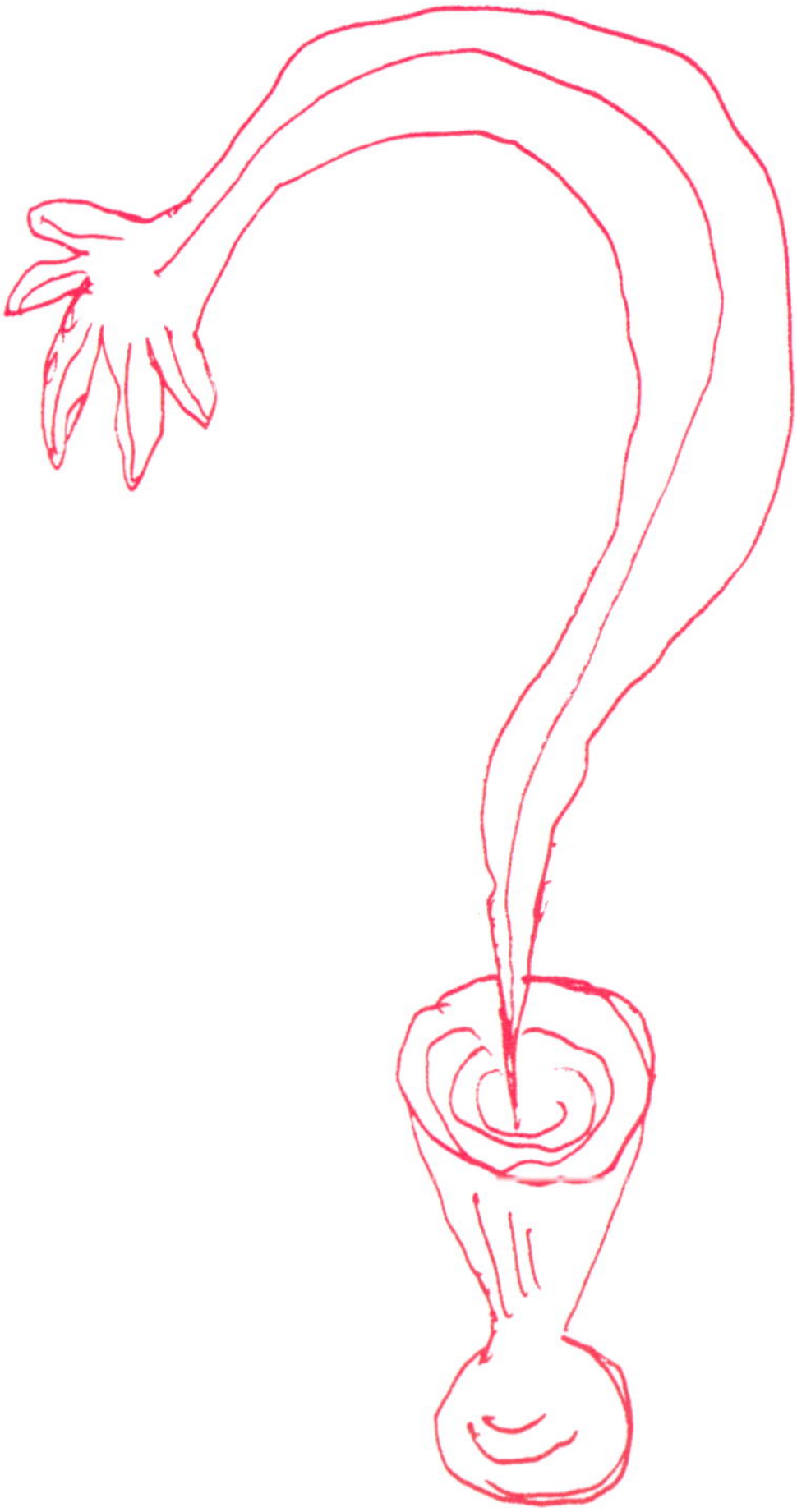

野坂さん
ざべつについて。?

それがあるから
生きていられる。

ハイ。

黒田の感想

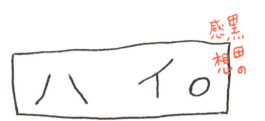

野坂さん。男が泣くのはイケマセンか?
KU

男は感情をあらわにしてはいけない。
と、ぼくら昭和ヒトケタ生まれは教わった。
国のために命を捨てろと教わった。

当然、男が泣くなど許されぬ。
そしてぼくら子供は、
大人たちの言うことが正しいと思っていた。

あんな世の中は、真っ平ご免だ。
男が泣けるのは、いい時代。

黒田の感想

どんどん　泣きます。

野坂さん
昔は どこの小学校にも
ありました ニノミヤソントク
について
ひとこと
おねがい
します。

ご苦労さまといいたい。
昭和12年、ぼくは小学一年生。
校庭の隅に、この金次郎像があった。
同じ年、戦争が始まった。
国語の授業も変わった。
教育勅語を毎朝読んだ。

金次郎さんの勤勉、倹約は、
お国のためとすりかえられた。

今の子供たち、倹約も苦学もピンとこないだろう。

僕達世代は キンジロー が とかされて 兵器に なった と 教えられました

黒田の感想

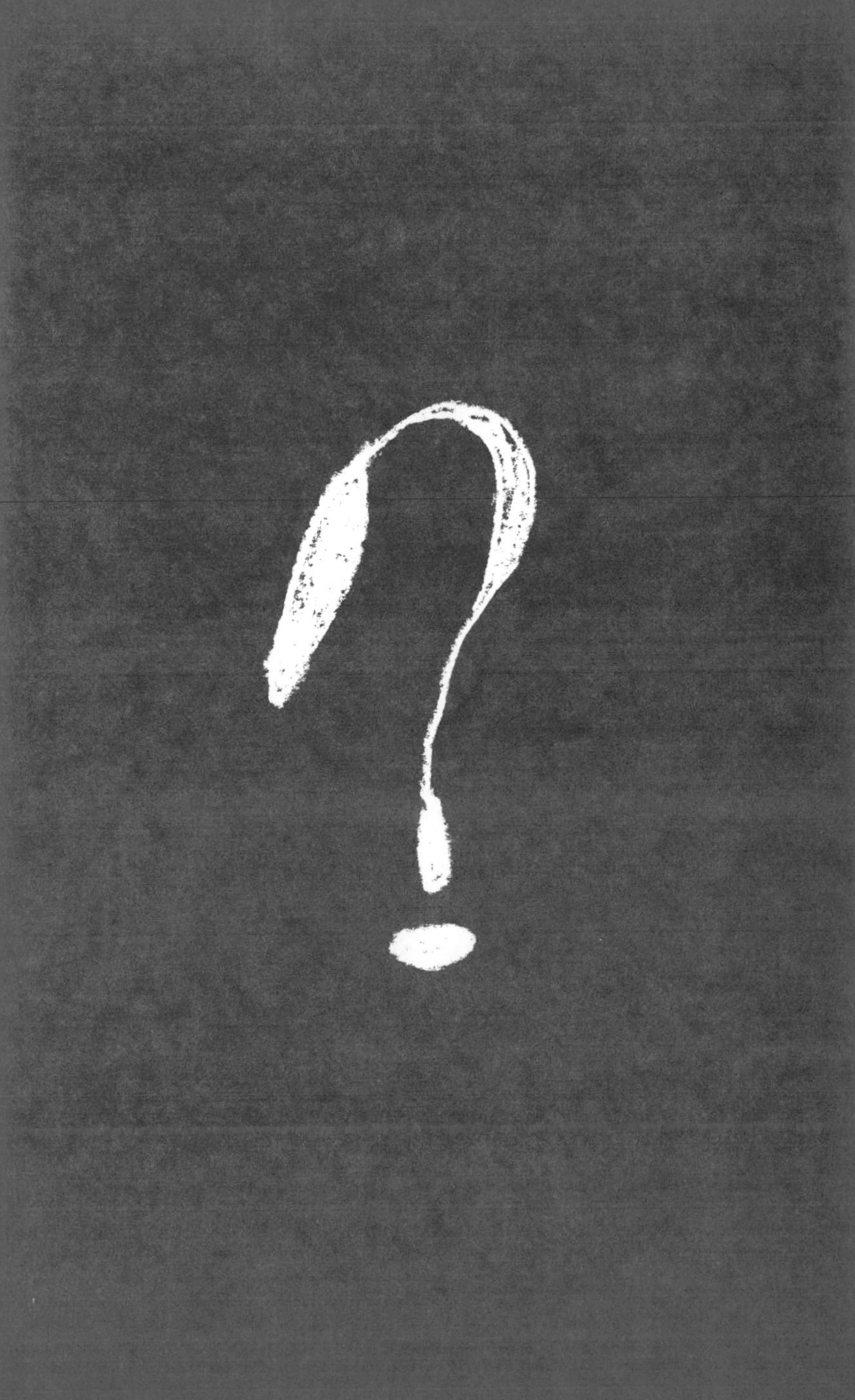

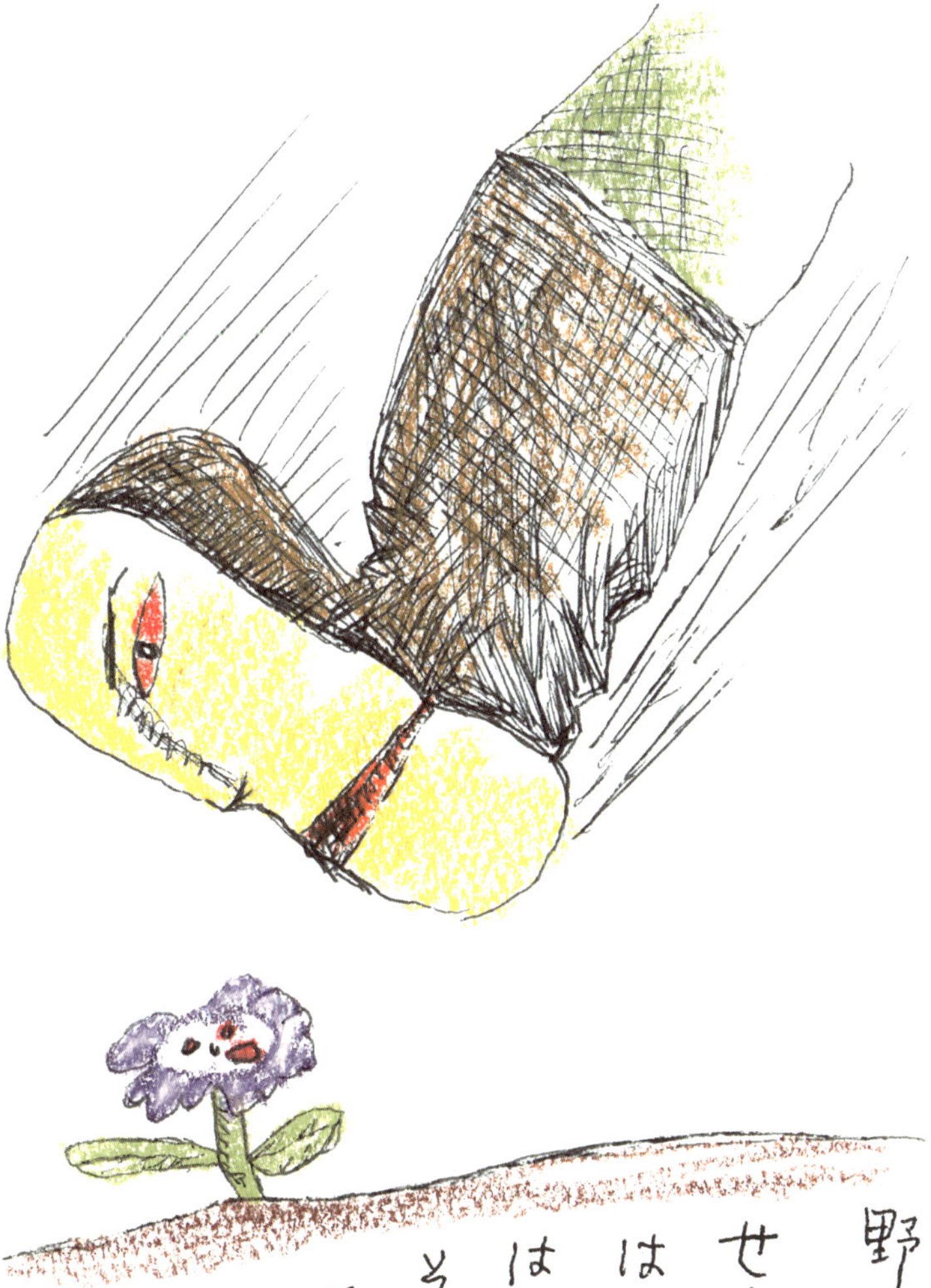

野坂さん
せんそう
は
はじまり
そう
で
しょう
か?

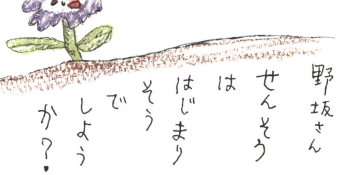

人間だけが理想や誇りを持つ生物である。
これは悪いことじゃない。
人間だけが戦争をする。これは悲しい現実である。
理想や誇りのようなものが少しズレれば戦争に結びつく。
戦争の起きるきっかけは簡単。土地、財産の取り合い。
メンツの張り合い、また、理想の違い。
戦争は人間を変えてしまう。
戦争になれば、人を殺すのが当たり前になる。
それは条件反射みたいなもの。
人間は長いものに巻かれやすい。
長いものに巻かれていた方が楽だからだ。
つまり、自分の頭で考えなくなると戦争は近寄ってくる。
自分の頭で考えるためには、想像力を身につけなければならない。

戦争などあり得ないと思い込んでいるうちに、
気がつけば戦争に巻き込まれている。
戦争とはそんなものだ。
戦争ははじまりそうかと問われれば、
いつはじまってもおかしくないと答える
いや、戦争はすでにはじまっていると言ってもいい。

昭和19年日本はアメリカと戦った。
その最後の地、沖縄は地上戦だった。
沖縄での地上戦はすさまじく、それは地獄だった。
島全体が真平になったという。

広島・長崎に原子爆弾を落とされ日本は敗けた。
そして、飢えを知った。

野坂さん
流れ星は
オスキですか?

イマは
ほとんど みえませんが

好きだ。
流れ星は宇宙を漂よう星くず。
ほんの小さなくずが焼けて光る。
ただそれだけのことだが、
見ると得したような気になる。

あらゆる星は流れ星。
流れる星は生きている。だが、これ、
見る人によって、生きたり死んだりする。
都会では、ほとんど見られなくなった。
つまり、都会人の願いごとは、
なかなか叶わないということ。

黒田の感想

うたわれましたね
「星の流れに」を
野坂さん
新宿の酒場で
昔々、

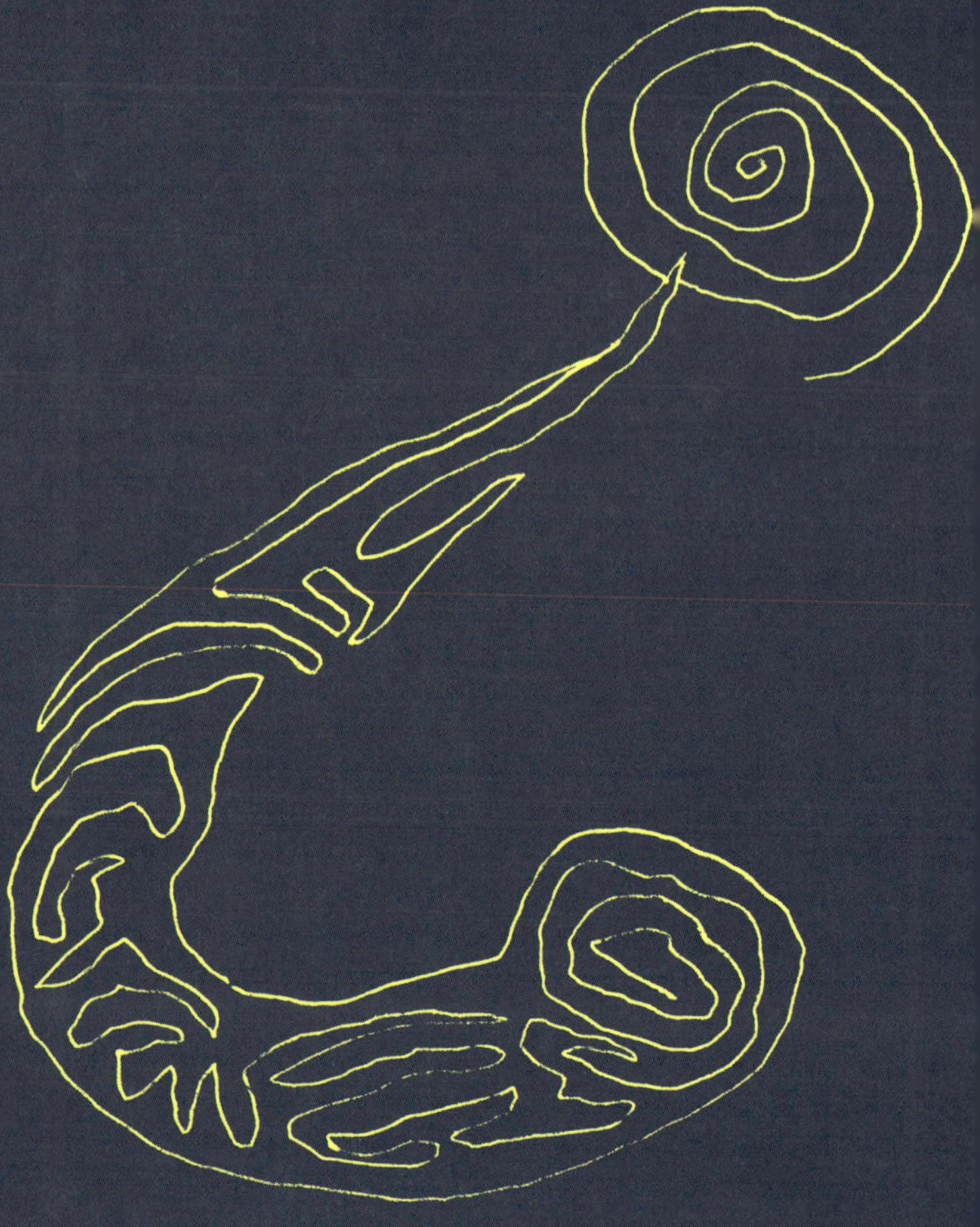

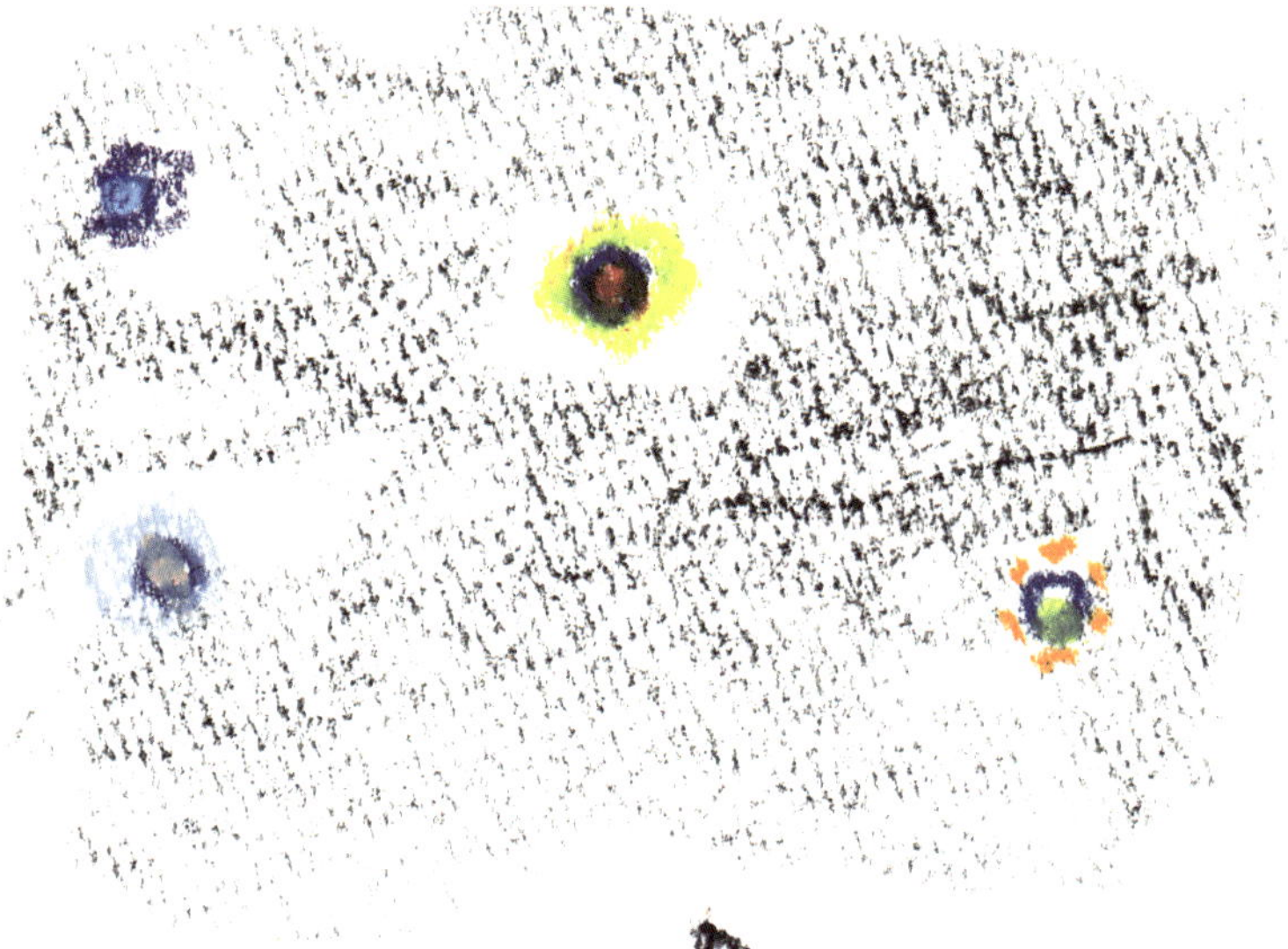

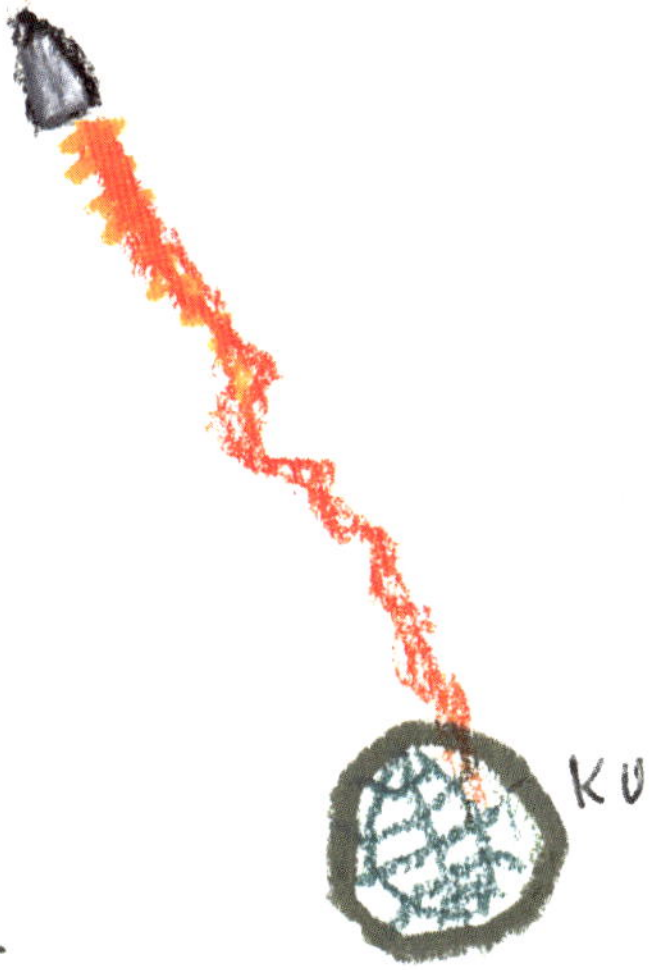

野坂さん
ニンゲンは 地球以外の
星で
くらせるで
しようか?。

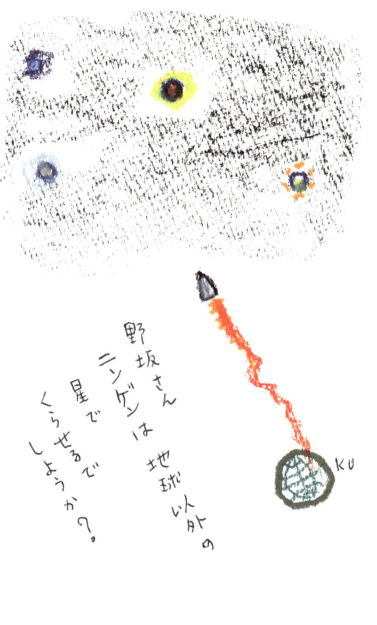

判らない。
しかし人間は欲深い生きもの。
暮らせるように、工夫するだろう。
だが、その工夫の先には何があるのか。
宇宙への夢は大きい。
果てしない暗黒の世界をまさぐり、壮大な何やかやを考え、
人間は地球だけでは物足りぬ様子。

そもそも人間は、ちっぽけな生きものの一つに過ぎない。
あらゆる生物は環境に応じて進化する。
だが、人間はどうか。
頭ばかりデカくなって、生物としては退化している。
つまり、生物として当たり前に備わっているはずの能力、
己の身に迫る生命の危機に対して、あまりに鈍感である。
地球以外の星で暮らす前に、人間絶滅の危機がやってくる。

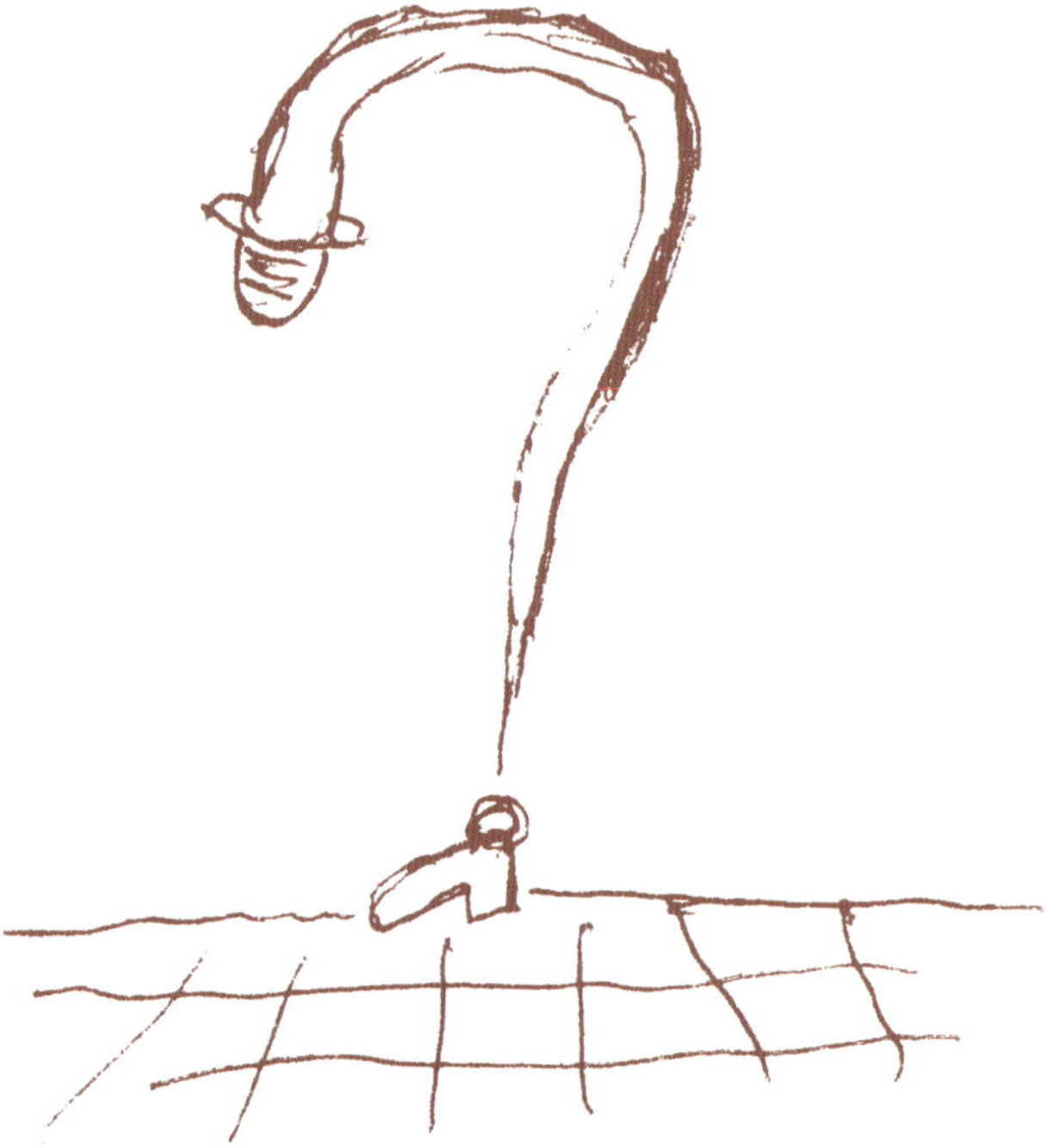

野坂昭如さん
国家とは?

国家とは不思議なもの
国家にいる人間を国民という。
国民が国を守ることはあっても、
国家が国民を守ることはない。

黒田の感想

僕も 国家に守られた。
という実感を もったことは
一度も ありません。
そのくせ パスポートは
必要です

野坂昭如さん
チョウヘイセイ
って なんでしょう?

国民徴兵制、つまり、誰もが軍人となる仕組み。
軍人はお国のために死ぬ
死んでも文句はいえない。
日本では明治以後、徴兵制になった。
昭和20年8月15日に戦争に敗けて以後
徴兵制はなくなった。
かわりに警察予備隊が生まれた。
これが自衛隊と名を変え、今に至る。
自衛隊が自衛軍となった時、
徴兵制度は復活するだろう。

黒田の感想

守ってもくれない
御国のために「死にたくナイ」
と、いったら 殺される
時代が またくるのでしょうか?

野坂さんりょうどについて？

領土とは、その国の法律が行き届いている土地をいう。
大きければ大きいほど、強いということになっている。
今の世界地図は、土地の取り合いっこで出来たもの。
昔から、ちっぽけな土地を、皆で争いながら奪い合い、
力のある人間が我がものとしてきた。
領土とは税金の対象である。
そこに住む人は、税金を払わなければならない。

領土とはその国の法律が生きる場所。

日本人が昔から住んでいる土地を日本の領土という。
日本には国境がない。故に、日本人は国境の意識が少ない。

国境の問題が起きると、すべて相手が悪いと決めつける。
しかし領土問題には相手がいる。常に相手が悪いとは限らない。
話し合いが必要。
そもそも日本人は領土をそれほど大事にしてこなかった。

かつての日本人は、土地は天のもの、
一時的に与へられているだけだという考え方が根付いていた。
だからこそ感謝して、ものを作り、有難くそれを戴いた。
しかし近年、自然を破壊して自分たちの都合のいいように、
川や海を埋め、山を削った。
田畑を壊し、つまりは日本の自然を破壊し崩壊をもたらした。

野坂さん
船はどこへ
行くので
しょう。

たぶん、あっちへ行く。
あっちは、こっちの向こう。
船は海原を漂う。
海はどこの国の誰のものでもない。
ちっぽけな人間など相手にしない。

黒田の感想

貨物船で行きたいです。
もう一度　あっちに
あっち　は　こっち　の　向こう

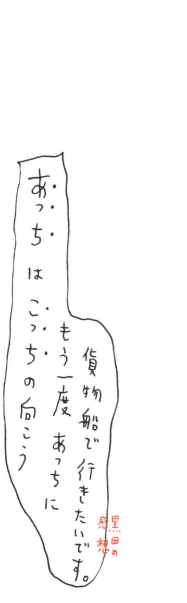

野坂さんはユーレイなど
こわいですか?

恐くない。人間もユーレイも同じ。
ぼくはユーレイも生きてる奴と同様
信じていないのだ。

あなたの絵のユーレイは、
きれいな犬のようだ。

黒田の感想

たしかに 犬 みたいです。
こんど 犬なんか の絵本
を ごいっしょに つくりたいです

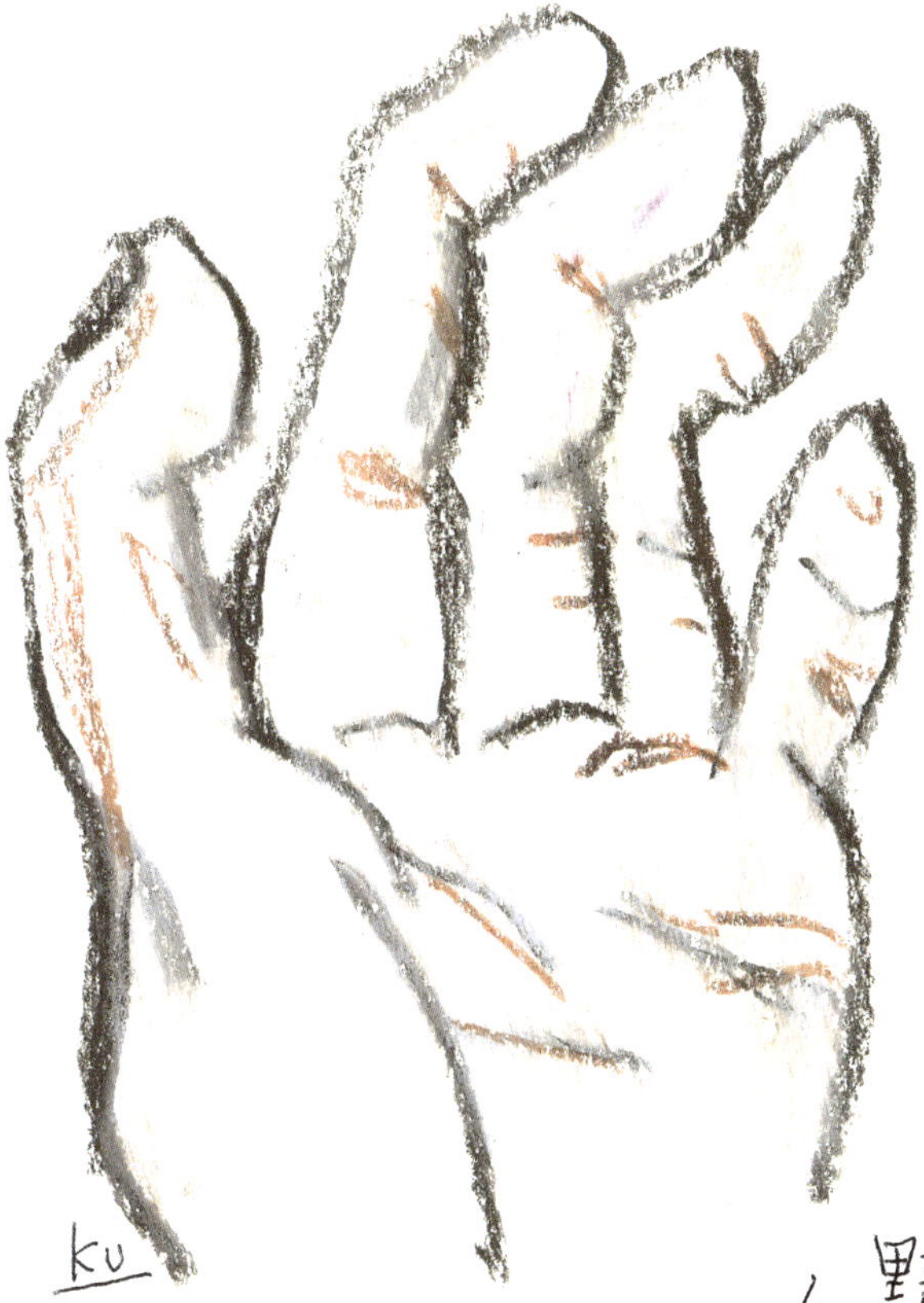

野坂さんの
手は
どうして
あんなに
ゴツイの
でしょ
う？。

わからない

黒田の感想

でも ゴツイです。

ありがとう ございました

「信用するしかない」のです。

野坂昭如さんに、お会いしたのは、僕が二十八才の時だった。もう四十八年が過ぎた。

野坂昭如さんは僕が初めて見た小説家だ。

その頃の僕にとっての小説家とは、こむずかしいことを書いて上手に世の中を渡る人種で、用心してかからないとイケナイにんげん、だと思っていたが、なぜか、初めての夜から「信用しよう」と思ってしまった。

なぜだろう。わからない。そして今も、わからないまま、「信用しよう」とうしろからくっついていきます。

野坂昭如さんを「信用する」理由を、ひとつあげます。

もう四十年近く前、ある大手新聞社で野坂さんの連載小説が始まった。「自弔の鐘」というタイトルで一年間の予定。さしえは僕がやらせてもらうことに決まった。

テーマは、その頃、日本中に建設ラッシュだった、原子力発電所だった。原子力発電イコール平和利用という構造の、うさんくささと危険性を野坂さんは書き進められた。酒場でお会いする度に原発と地震、津波のことを話されたことを忘れない。しかし、「自弔の鐘」は突然の連載中止。僕は最後の絵を未完というかき文字で表した。

そして数十年後の福島原子力発電所事故のこと。

色々な方のコメントは読むが、野坂昭如さんから「だから昔から言っていた」とか「やっぱりそうでしょう」などとの言葉はない。だから僕は野坂さんのことを「信用するしかない」のです。

黒田征太郎

野坂昭如

のさか・あきゆき

1930年、神奈川県生まれ。作家・歌手・作詞家。『アメリカひじき』『火垂の墓』（新潮文庫）で直木賞受賞。『同心円』（講談社）で吉川英治文学賞受賞。『文壇』（文春文庫）などで泉鏡花文学賞受賞。他の著作に『エロ事師たち』（新潮文庫）、『戦争童話集』（中公文庫）、『野坂昭如 戦争童話集　沖縄編〜ウミガメと少年』（講談社）。「野坂昭如ルネサンス」シリーズ（全7巻予定・岩波現代文庫）などがある。2003年、脳梗塞で倒れリハビリ中。

黒田征太郎

くろだ・せいたろう

1939年、大阪府生まれ。イラストレーター。「迷魚図鑑」「紺青の鈴」ほかで講談社出版文化賞さしえ賞受賞。著作に『野坂昭如 戦争童話集　沖縄編〜ウミガメと少年』（作・野坂昭如）、『風切る翼』（作・木村裕一）（以上2点講談社）、『戦争童話集〜忘れてはイケナイ物語り』（全4冊・NHK出版）、『未来へのノスタルジア』（小学館）、『路地裏』（梁石日との共著）、「桂三枝の落語絵本」シリーズ（全8冊・以上アートン）などがある。

教えてください。野坂さん

2015年5月15日 第1刷発行

著者

野坂昭如　黒田征太郎

発行者

新井敏記

発行所

株式会社スイッチ・パブリッシング

〒106-0031　東京都港区西麻布2-21-28

電話　03-5485-2100（代表）

http://www.switch-store.net

ブックデザイン

長友啓典・中村 健（K2）

印刷・製本

共同印刷株式会社

本書へのご感想は、info@switch-pub.co.jp にお寄せください。

ISBN978-4-88418-441-4

C0095

坂さんにとってのペット・・・とは
野坂さん
東北の子供達が
ツナミゴッコ
野坂さん この図に ひとこと おねがいします
野坂さん。
男が泣くのはイケマセンか？
ですか？
野坂さん
せんそうは
はじまりそうでしょ
野坂さん
青葉と枯葉
どちらがすきでしょう？
TOKYO
野坂さん TOKYOに住んで
おられるキモチはいかがでしょ
ほとんどみえませんが
野坂さん。
電気のくばりかた
どうおもわれますか？
オスキですか？